AF299902

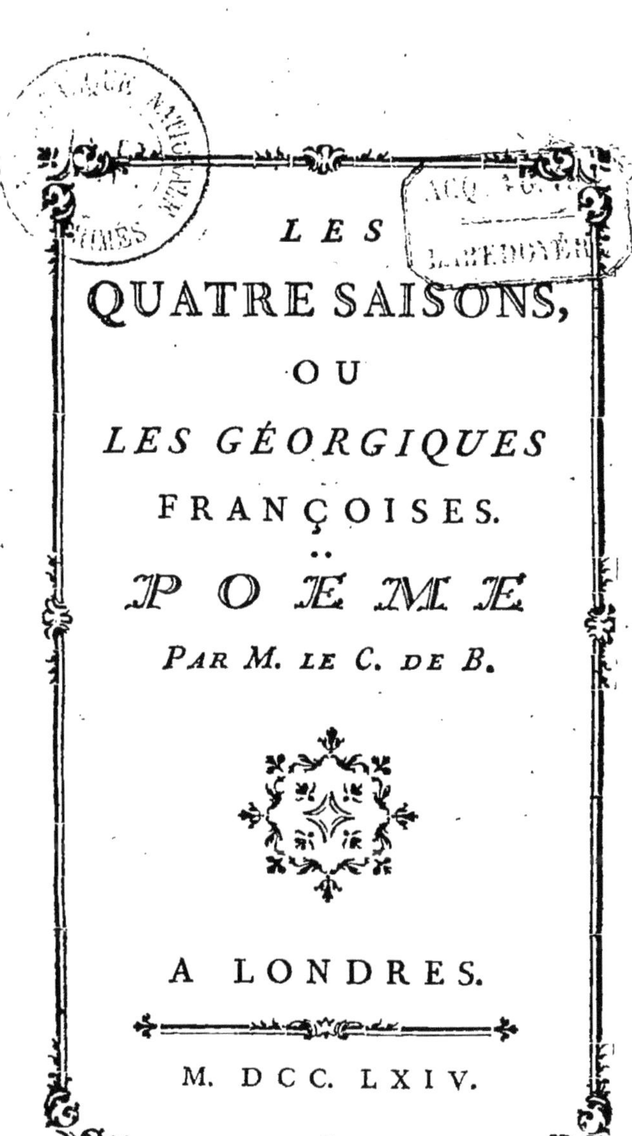

LES

QUATRE SAISONS,

OU

LES GÉORGIQUES

FRANÇOISES.

POËME

PAR M. LE C. DE B.

A LONDRES.

M. DCC. LXIV.

LES

QUATRE SAISONS,

POËME.

LE PRINTEMS.

CHANT PREMIER.

J'AI chanté les Heures du Jour,
Je chante aujourd'hui le retour
Et le partage de l'année :
Flore, que ta main fortunée
Préfente l'ouvrage à l'Amour.

Dans les antres de la Scytie,
Vertumne, vainqueur des Hivers,
A ij

Vient de remettre dans les fers
Les fougueux enfans d'Orithie.
En vain leurs affreux sifflemens
Nous déclarent encor la guerre,
En vain, dans leurs soulevemens,
Ils ébranlent les fondemens
De la prison qui les refferre;
Le Printems a fauvé la Terre
De leurs cruels emportemens.

Le Fils d'Eole & de l'Aurore,
Zéphir enfin eft de retour,
Ses tranfports ont réveillé Flore,
Et les Fleurs qui n'ofoient éclore
S'ouvrent aux feux de leur amour;
La Nuit céde au Jour fon empire;
L'Hiver s'enfuit au fond du Nord,
Et la Nature qui refpire,
Sort des ténébres de la mort:
Immobile au centre du monde,
Le Soleil que nous revoyons,
Orne fa tête des rayons
Qui rendent la Terre féconde.
Déja des lacs les plus profonds,
Ses feux ont fondu la furface:
On voit tomber du haut des monts

Des monceaux de neige & de glace
Qui fertilisent les vallons ;
Les rochers découvrent leur cime,
Dodone léve un frond sublime
Que respectent les aquilons ;
Et de l'Hiver tendre victime
Cérès du sein de nos sillons
Sourit au Dieu qui la ranime.

Dans sa cabane confiné,
Le Berger au pied des montagnes
Célébre le mois fortuné
Qui vient embellir les campagnes !
Tout renaît, tout brille à ses yeux,
Les arbres se courbent en voute,
L'onde plus pure dans sa route
Réfléchit l'image des Cieux.
Content, il se léve, il s'écrie,
Et tandis que la Bergerie
Se réveille & s'ouvre à sa voix,
Le troupeau marchant sous ses loix
Bondit déja dans la prairie.

Arbres dépouillés si long-tems ;
Couronnez vos têtes naissantes,
Et de vos fleurs éblouissantes

Parez le trône du Printems.
Elevez vos pampres superbes
Sur le faîte de ces ormeaux :
Vignes étendez vos rameaux,
Jasmins sortez du sein des herbes,
Montez, ombragez ces berceaux;
Et vous aimables arbrisseaux,
Lilas croisez, tombez en gerbes,
Ornez ces portiques nouveaux.
Que l'air se parfume & s'épure;
Que l'onde jaillisse & murmure :
Que rien ne trouble un si beau jour;
Que les bois, les fleurs, la verdure
Fassent de toute la nature
Un temple digne de l'Amour.
Sur un nuage de rosée
Vénus descend du haut des Cieux,
Et la terre fertilisée
S'enivre du nectar des Dieux.
Au retour de cette immortelle,
Tout germe, s'enflamme & s'unit,
De l'univers qui rajeunit,
L'hymen heureux se renouvelle.
L'air s'embrase de nouveaux feux;
Les bois confondent leurs feuillages;

Les Mers embraſſent leurs rivages,
Et le Soleil plus lumineux
Se joue à travers les nuages.
O Vénus! qui peut réſiſter
A la douceur de ton empire?
O Vénus! qui peut éviter
Le piége où ta voix nous attire?
Au ſein des rochers les plus durs
Ta chaleur active & puiſſante,
Force la terre languiſſante
D'enfanter des métaux plus purs.
L'Amour, par des routes certaines,
Pénétre dans tous les reſſorts,
Circule dans toutes les veines,
Donne la vie à tous les corps;
Il fend les airs, nage dans l'onde,
Et la terre qu'il rend féconde
Dans ſes bras aime à reſpirer;
Ce Dieu charmant enſeigne au monde
Le ſecret de ſe réparer.

Sortez, indolens Sybarites,
Du cercle étroit de vos plaiſirs;
Oſez étendre les limites
Où ſe renferment vos deſirs;
Abandonnez les faux ſpectacles

Qu'admirent la Ville & la Cour,
Pour jouir en paix des miracles
De la Nature & de l'Amour.
Venez fous nos berceaux ruftiques
Délaffer vos cœurs languiffans,
Des voluptés périodiques
Dont le retour glace vos fens.
Renaiffez avec la nature,
Et dans fes dons multipliés
Goûtez, fans trouble & fans mefure,
Des plaifirs purs & variés.

L'oifeau qu'une fuperbe cage
Captivoit fous un toît doré,
A fupporté fon efclavage
Tant que les frimats ont duré;
Mais après leur régne funefte,
Le Bélier, propice aux Amours,
Vient d'ouvrir l'empire célefte
A la Déeffe des beaux jours.
L'oifeau captif qui voit renaître
Les fleurs du jardin de fon maître,
Qui, fous des myrtes amoureux,
Entend la mufique champêtre
Des autres oifeaux plus heureux:
Refferré dans un palais vafte,

Brûle de traverser les airs,
Et regrette, au milieu du faste,
L'ombre des bois & les déserts.
Ces beaux vases de porcelaine
Sont-ils remplis de la même eau,
Dont il boiroit dans ce ruisseau
Qui fait fleurir toute la plaine?
L'aiguillon de la liberté,
L'aspect riant de la campagne,
L'Amour enfin qui l'a flatté
De lui donner une compagne:
Tout l'irrite contre ses fers,
Tout le détrompe & le détache
Des faux biens qui lui sont offerts:
Sa prison s'ouvre, il s'en arrache,
L'Amour le rend à l'Univers.

Le lac, le vernis, la dorure,
Ont assez ébloui mes yeux,
J'aime mieux la simple parure
De ce côteau délicieux.
Mon Louvre est sous ces belles tonnes,
Un bois est le temple où j'écris;
Des arbres en font les colonnes,
Et des feuillages les lambris.
Les Arts, ces esclaves serviles

De nos defirs efféminés,
Tranfportent le luxe des Villes
Au milieu des champs étonnés.
Nos yeux, qu'un vain charme fafcine,
Sont plus furpris que fatisfaits;
On quitte les jardins d'Alcine
Pour ceux que la Nature a faits.
Pourquoi, dans nos maifons champêtres,
Emprifonner ces clairs ruiffeaux,
Et forcer l'orgueil de ces hêtres
A fubir le joug des berceaux?
Qu'on vante ailleurs l'architecture
De ces treillages éclatans :
Pourquoi contraindre la Nature?
Laiffons refpirer le Printems.
Quelle étonnante barbarie
D'affervir la variété
Au cordeau de la fymmétrie!
De polir la rufticité
D'un bois fait pour la rêverie,
Et d'orner la fimplicité
De cette riante prairie?
Le plaifir, qui change & varie,
Adore la diverfité.

O toi! Commentateur fuprême,

Qui définis la volupté,
Qui fais du plaifir un fyftême,
Et de l'Amour un froid traité :
Calculateur infatigable,
Dont la méthode infupportable
Defféche en nous le fentiment,
Laiffe repofer un moment
Ton fyllogifme inattaquable,
Et ton invincible argument ;
Un inftant de folie aimable
Vaut mieux qu'un bon raifonnement.

Vénus & Flore nous rappellent,
Gardons la raifon pour l'Hiver ;
Refpirons le baume de l'air,
Et que nos fens fe renouvellent.

Voyons ces taureaux mugiffans
Pourfuivre Io dans les prairies ;
Voyons ces troupeaux bondiffans
Donner, par leurs jeux innocens,
Aux Bergeres des rêveries,
Aux Bergers des defirs preffans.

Ocyroë, dans les campagnes,
Enflamme, par fes fiers regards,
Le Courfier, amant des hazards ;

Elle l'enléve à fes compagnes,
Et s'élançant, les crins épars,
Tous deux, au fommet des montagnes,
Offrent leur hymen au **Dieu Mars.**
Plus loin, dans ces forêts fauvages,
Les lions rugiffent d'amour,
Tandis que les ramiers volages
Viennent foupirer alentour;
Le fier Dragon & le reptile,
L'infatiable Crocodile,
L'oifeau que révére Memphis,
Le Dromadaire des Sophis,
Les monftres craintifs ou féroces
Qui peuplent le fein de Thétis,
Tous forment des nœuds affortis,
Et l'Amour préfide à leurs noces.
Régnez fur les flots applanis,
Alcions, déployez vos aîles,
Les vents refpecteront vos nids,
Et les flots vous feront fidéles.

Vous qui, dans l'humide féjour,
Cachez vos brillans coquillages,
Vénus vous appelle en ce jour;
Formez de nouveaux mariages,
Et que les perles foient les gages

Que l'Hymen présente à l'Amour.
Déja sous l'épine fleurie,
Philomele exerce sa voix;
Progné voltige autour des toîts;
L'oiseau de Vénus se marie,
Et la tourterelle attendrie,
Gémit d'amour au fond des bois.
Le castor, amant des rivages,
Trace le plan de sa maison;
Les abeilles encor plus sages,
Dans le creux des rochers sauvagés,
Elévent l'utile cloison
Qui sépare leurs héritages.
Le vermisseau, sous le gazon,
Lui-même devient architecte,
Et les ouvrages de l'insecte
Etonnent la fiere raison.
Le monde à nos yeux va renaître,
Et tous les Etres dans ce jour,
En rendant hommage à l'Amour,
Soulagent l'ennui de leur être.

Peuplez les divers élémens,
Insectes, à qui la Nature
Accorda si peu de momens:
Vengez-vous d'une loi si dure,

Naiffez, vivez, mourez amans.
Qu'importe, au bout de la carriere,
Qu'un feul inftant délicieux
Ait rempli votre vie entiere,
Si le plaifir qui fait les Dieux,
Vous anima dans la poufliere?

Hermaphrodites fortunés,
Pour vous, l'Amour fans jaloufie,
Suit les loix que vous lui donnez;
Aimez à votre fantaifie,
Quittez cent fois & reprenez
Les deux rôles de Thiréfie.

Image d'un jeune arbriffeau,
Inconcevable vermiffeau,
Soyez à jamais un problême;
Tout entier dans chaque rameau,
Renaiffez femblable & nouveau;
Et par une faveur fuprême,
Trompez la mort fous le cifeau
Qui vous fépare de vous-même.

O ! que l'homme fi dédaigneux,
Lui qui foule d'un pied fuperbe
Les infectes cachés fous l'herbe,
Perdroit de fon fafte orgueilleux,

S'il favoit, quand il les écrafe,
Que moins gênés dans leurs defirs,
Leurs cœurs, qu'un même amour embrafe,
Sont toujours neufs pour les plaifirs.

Telles font les vives images
Que le Printems offre à nos yeux ;
Les faifons reffemblent aux âges
Dans leurs rapports myftérieux :
La main invifible des Dieux
Cache des confeils pour les Sages.
Le Printems couronné de fleurs,
Pare l'Amour qui le careffe ;
L'Été mûrit par fes chaleurs
Les dons brillans de la jeuneffe ;
L'Automne, un panier à la main,
Cueille les fruits qu'elle colore ;
L'Hiver à l'inftant les dévore ;
Mais il conferve dans fon fein
L'efpoir de Cérès & de Flore.
Ainfi l'on peut toujours faifir
Les momens heureux qui s'envolent ;
Fuyons les dangers du loifir,
Le travail ajoute au plaifir,
Et l'un & l'autre nous confolent.
Aujourd'hui les fleurs des buiffons

Parfument le fein des Bergeres ;
Avec des fleurs & des chanfons
Achetons leurs faveurs légeres.
L'Été s'approche, jouiffons ;
Ces nuages chargés de neige,
Qu'au midi d'un jour radieux
Les aquilons féditieux
Souffloient du fond de la Norwege,
N'affiegent plus l'Aftre des Cieux.
Le Soleil pénétre la terre,
Et pompe jufques dans fes flancs
Les efprits, les germes brillans,
Dont va fe former le tonnerre.
Déja l'Étoile de Vénus
Annonce les belles foirées ;
Déja les Faunes revenus
Cherchent les Nymphes égarées.
Zéphire, d'un fouffle épuré,
Ride la furface de l'onde ;
La Nuit, de fon trône azuré,
Répand fes pavots fur le monde,
Et fon char, d'Amours entouré,
Roule dans une paix profonde.

Dans les nuits brillantes de Mai,
Le Silphe amoureux des mortelles,

Vient

Vient chercher, parmi les plus belles,
Un cœur qui n'ait jamais aimé.
Aidé de ſes aîles légeres,
Il deſcend, inviſible aux yeux,
Sur ces étoiles paſſageres
Qu'on voit tomber du haut des Cieux.
Roi des Peuples élémentaires,
Il vole avec timidité
Dans ces châteaux héréditaires,
Où l'ignorance & la fierté
Captivent', ſous des loix auſteres,
Et la jeuneſſe & la beauté.
Le ſcrupule & l'inquiétude,
Enfans craintifs des paſſions,
La peur & ſes illuſions,
Veillent dans cette ſolitude ;
L'amoureux habitant des airs,
Indigné contre la clôture,
Voltige & perce la ſerrure,
Sans bruit les rideaux ſont ouverts :
Un Enfant aimable & pervers
Enléve aux Graces leur ceinture,
Pudeur, Jeuneſſe, Amour, Nature,
Tous vos ſecrets ſont découverts.
Déja d'une Beauté naiſſante

B

Le Silphe interroge le cœur,
Sa main timide & careſſante
Cherche les traces d'un vainqueur :
L'épreuve eſt douce & dangereuſe,
Si la Belle a connu l'Amour,
Il l'abandonne ſans retour
Au hazard d'être malheureuſe ;
Mais ſi le cœur qu'il a ſondé,
A toujours ſagement gardé
Le foible ſceau de l'innocence,
Alors le Génie amoureux
Exerce toute ſa puiſſance
Sur un cœur digne de ſes feux.
De la Beauté qu'il a jugée,
Il devient l'inviſible époux ;
Dans les bras du ſommeil plongée,
Elle va, ſans être outragée,
Jouir des plaiſirs les plus doux.
Un eſſain fortuné de ſonges
Sert les vœux du Silphe enchanté ;
Les charmes de la vérité
Percent à travers leurs menſonges.

Bientôt ſur un trône argenté,
Le Prince aimable des Génies

Tranſporte la jeune Beauté
Dans les régions infinies
De ſon empire illimité.
Emue , inquiéte & charmée,
Elle jouit rapidement
Du plaiſir d'avoir un Amant,
Et du bonheur d'en être aimée.
L'Amour, par un charme flatteur,
Soutient dans les airs ſon courage,
Elle oſe admirer la hauteur
Des vaſtes Cieux qu'elle enviſage;
Les graces de ſon conducteur
Cachent le danger du voyage.
Son œil, avec ſécurité,
Du Zodiaque redouté,
Contemple les ſignes funeſtes,
Sa main, avec témérité,
Meſure les cercles céleſtes :
Ces grands objets la touchent peu,
L'air, au mépris des Zoroaſtres,
N'eſt pour elle qu'un voile bleu ;
Rien ne la frappe dans les aſtres,
Sur la terre elle a vu du feu.
Déja ſon oreille murmure
Contre les céleſtes accords,

B ij

Une voix fecrete l'affure
Qu'il faut chercher dans la Nature
Ses plaifirs plus que fes refforts.
Un gazon frais, une fontaine,
Un arbre qui cache le jour,
Tel eft l'afyle que l'Amour
Préfere à la célefte plaine;
A peine a-t-elle defiré,
Que le char brillant qui la mene,
S'arrête fous l'ombre incertaine
D'un bois par un fleuve entouré.
A l'inftant les buiffons fleuriffent,
La vigne embraffe les ormeaux,
Les palmiers amoureux s'uniffent,
L'air eft peuplé de mille oifeaux.
C'en eft fait, la jeune Silphide
S'enivre du bonheur des Dieux;
Mais le foleil brille à fes yeux;
Le fonge fuit d'un vol rapide,
Et le Silphe remonte aux Cieux.

LES
QUATRE SAISONS,
POËME.

L'ÉTÉ.

CHANT SECOND.

SOLEIL, c'est aujourd'hui ta fête,
L'Été chargé de blonds épics
Etale ses riches habits,
Et fait rayonner sur sa tête
L'or, les saphirs & les rubis.
Leve-toi, répands la lumiere,
Brille, triomphe à tous les yeux,
Poursuis la nuit dans sa carriere,
Et chasse du trône des Cieux

B iij

Sa pâle & tremblante couriere.
Sur le sommet inhabité
Des montagnes les plus sauvages,
Déja les Disciples des Mages
Chantent le retour de l'Été.
Abattu, triste & solitaire,
Dans les jardins qu'il embellit,
Le Printems soupire & pâlit,
En voyant l'éclat de son frere.
Clytie, ouvrez vos feuilles d'or ;
L'Amant dont vous pleurez l'absence,
Vient ranimer par sa présence
Les feux dont vous brûlez encor.
Malheureux sang de Montézume,
Filles du Soleil accourez,
C'est pour vous que son feu s'allume ;
Sa vue adoucit l'amertume
Des larmes que vous dévorez.
Votre ame orgüeilleuse respire
Devant le Roi du firmament :
Sa gloire, que la terre admire,
Vous console pour un moment
De la chûte de votre empire ;
Il paroît ; l'Olimpe rougit,
Le front des montagnes se dore,

Le Lion céleste rugit,
En voyant l'astre qu'il adore :
Il paroît ; ses rayons épars
Couvrent la face des campagnes,
Le premier feu de ses regards,
Attire au plus haut des montagnes
La froide vapeur des brouillards.

A l'instant la terre embrasée
Par son éclat vif & charmant,
Donne le feu du diamant
A chaque goutte de rosée.
Fidelle Amante du Soleil,
De fleurs, de perles couronnée,
La Nature sort du sommeil
Comme une épouse fortunée,
Dont l'Amour hâte le réveil.
Vers l'astre bienfaisant du monde
Elle étend ses bras amoureux ;
Il brille, & l'ardeur de ses feux
La rend plus belle & plus féconde.
Tandis qu'au sommet d'une tour,
Le paon fait reluire au grand jour
L'azur de ses plumes nouvelles,
L'oiseau de la mere d'Amour
Epure l'argent de ses aîles.

Tout brûle des feux de l'Été ;
Le froid ferpent caché fous l'herbe,
S'éveille & dreffe avec fierté
La crête de fon front fuperbe ;
Son corps en replis ondoyans
Roule, circule, s'entrelaffe ;
Ses yeux pleins d'ardeur & d'audace,
S'arment de regards foudroyans :
Bientôt levant fa tête altiere
Vers l'aftre qui l'a ranimé,
Il s'élance de la pouffiere,
Et fait briller à la lumiere
Son aiguillon envénimé.
Foibles mortels que le jour bleffe,
Eveillez-vous, ouvrez les yeux ;
Le Soleil embrafant lés Cieux
S'indigne de votre molleffe.

Que devient l'homme quand il dort ?
Emporté fur l'aîle des fonges
Il vole au pays des menfonges,
Il touche aux rives de la mort.
Envifagez ce globe immenfe ;
Images des Dieux qui l'ont fait ;
La flamme nourrit fa fubftance,
Ses feux répandent l'abondance,

Chaque rayon eſt un bienfait;
Au ſein des plus profonds abîmes
Il enfante ces purs métaux:
Triſtes auteurs de tous les maux,
Peres féconds de tous les crimes:
Mais qui ſagement répandus
Sur les beſoins de la Patrie,
Forment les liens étendus
Du commerce & de l'induſtrie,
Satisfont à tous les deſirs,
Et tels que des ſources fécondes
Vont ranimer dans les deux mondes
Les arts, la gloire & les plaiſirs.
O Soleil! ame univerſelle,
Toi dont les regards amoureux
Eclairent ces aſtres nombreux,
Dont l'azur des Cieux étincelle;
O toi! qui ſuſpends dans les airs
Ces torrens, ces mers vagabondes,
Qui par mille canaux divers
Portent la fraîcheur de leurs ondes
Dans les veines de l'Univers;
De l'Été, qui vient de renaître,
Mûris les fertiles moiſſons,
Et reçois les foibles chanſons

Que t'offre ma Muse champêtre.
Déja de tes rayons puiffans
Les campagnes font pénétrées
Eole, des bleds jauniffans,
Agite les ondes dorées.

O Cérès ! preffe ton retour :
Sur nos plaines le Dieu du jour
Répand les chaleurs & la vie.
Proferpine a quitté la cour
Du fombre Epoux qui l'a ravie :
Le même char qui l'entraîna
A travers la flâme & la cendre,
A tes yeux charmés va defcendre
Du fommet brillant de l'Etna.
Elle paroît; ton cœur palpite,
Tes pas volent devant fes pas :
Quand tu l'appelle dans tes bras,
L'Amour vers toi la précipite.
Un mutuel enchantement
Vous enyvre des mêmes charmes :
Trop court, mais trop heureux moment
Où le plaifir verfe des larmes !
Pour un cœur noble & généreux,
Qu'il eft doux, en quittant Cerbere,
De retrouver le monde heureux

Par les feuls bienfaits de fa mere !
Belle Proferpine, à tes yeux
Déja la moiffon eft tombée
Sous la faucille recourbée
Du moiffonneur laborieux :
Ici les gerbes difperfées
Couvrent la face des guérets ;
Plus loin leurs meules entaffées
Elevent un trône à Cérès.
Sur l'arbre fécond de Pirame,
Le ver-à-foie ourdit fa trame,
Qui pare les Dieux & les Rois :
Les fraifes parfument les bois,
L'épine enfante la grofeille,
Mille fruits naiffent à la fois ;
Et prête à remplir la corbeille,
La Nymphe héfite fur le choix.
Par-tout l'abondance circule ;
L'homme n'eft heureux que l'Été :
L'infatigable pauvreté
Bénit l'ardente canicule
Qui fait frémir la volupté.
Dans un falon pavé de marbre,
Refpire-t'on un air plus frais
Qu'à l'ombre incertaine d'un arbre

Cher aux Déesses des forêts.
La Driade en robe légere,
Brave sous un chapeau de fleurs
L'éguillon ardent des chaleurs ;
Et Pallas, coeffée en Bergere,
Pour égayer les moissonneurs
Danse à midi sur la fougere.
Le travail, joint à la gayeté,
Souffre & surmonte toutes choses :
La nonchalante oisiveté
Se blesse sur un lit de roses.
Voyez l'intrépide chasseur,
Qui, sur cette côte brûlante,
A l'aide d'un chien précurseur
Arrête la perdrix tremblante.
De joie & d'espoir animé,
Il prend, il arme son tonnerre :
L'oiseau part, un trait enflammé
Le fait retomber sur la terre.
La chasse retient jusqu'au soir
Le jeune Adonis dans les plaines :
Le plaisir, la gloire & l'espoir
Font supporter toutes les peines.
Mais, déja plus vif & plus clair,
Le soleil dévore & consume

La rosée éparse dans l'air :
Et le feu du Ciel qui s'allume,
Etincelle comme le fer
Que Vulcain frappe sur l'enclume.
Doris s'enfuit sous les roseaux ;
Et dans leurs lits, plus resserrées,
Les Nymphes refusent leurs eaux
A nos campagnes altérées.

Plaignons l'avide voyageur,
Qui dans les sables de l'Afrique,
Egaré sous un ciel vengeur,
S'expose aux fureurs du Tropique.
La terre rougit sous ses pieds ;
Des torrens de feu se répandent,
Et par le Soleil foudroyés
Les monts & les rochers se fendent.
Les arbres à demi couchés,
Sans fruits, sans séve & sans verdure,
Couvrent de leurs bras desséchés
Le sein brûlant de la Nature.
Quel sort ! quels horribles momens !
Il entend les rugissemens
Des Lions que la soif dévore ;
Immobile d'accablement,

Il cherche en vain du firmament
Le fecours que la terre implore.
Affis fur un fable enflammé,
A la rigueur d'un Ciel barbare,
Il reproche à fon cœur avare
Les maux dont il eft confumé.

Pour nous, que le Soleil propice
Regarde avec des yeux plus doux,
Laiffons voyager l'avarice,
Sur le gazon repofons-nous,
Tandis que l'ardente Écreviffe
Embrafe le Ciel en courroux.
Ainfi qu'à la célefte troupe,
Pendant le regne des chaleurs,
Hébé nous verfe à pleine coupe
Le jus des fruits, l'efprit des fleurs.
La neige avec art préparée,
Eguife nos fens émouffés;
On diroit que ces fruits glacés
Sortent des jardins de Borée.
Vénus fe permet en Été
Une modefte nudité.
Dans une alcove parfumée,
Impénétrable au Dieu du jour,

La pudeur, fans être allarmée,
Dort fur les genoux de l'Amour.
Un doux loifir eft néceffaire ;
L'efprit des foins débarraffé,
On paffe le jour fans rien faire ;
Un tel jour eft bientôt paffé.
Du midi l'ardeur violente
N'eft pas un fupplice pour nous :
Si la chaleur eft accablante ,
Tous les remedes en font doux.
Mais j'entends le bruit du tonnerre
Retentir fur les monts voifins :
Junon vient déclarer la guerre
Au Dieu protecteur des raifins.
Les portes du Ciel s'obfcurciffent ,
L'air fiffle , les antres mugiffent ;
Mais bientôt les vents font calmés ,
Et les tempêtes diffipées
Sur les montagnes efcarpées
Lancent leurs carreaux enflammés.
Iris , fur un trône de nues ,
Fait briller fon arc lumineux ;
Déja les Nymphes revenues
Brûlent de commencer leurs jeux.
Déja preffé par fa rivale ,

Le Roi des astres moins ardent,
Se précipite à l'Occident
Sur un char de nacre & d'or pâle.
L'extrêmité de ses rayons
Eclaire au loin la mer profonde ;
Et tandis que nous le·croyons
Plongé dans les gouffres de l'onde ;
Armé de feux étincelans,
Il ouvre à ses coursiers brûlans
Les barrieres de l'autre monde.
O qu'il est doux de respirer
Cet air frais, ces pures haleines
D'un vent, qui du fond des fontai
S'échappe & n'ose murmurer !
Vole sur l'aîle du Mystere,
Amour, il est tems de régner ;
Vénus se promene à Cythere,
Et les Graces vont se baigner.

Au fond d'un bosquet d'Idalie,
Dont nul mortel n'ose approcher,
La fontaine d'Acidalie
Se filtre à travers un rocher ;
Et suivant une pente douce,
Qui la conduit en l'égarant,
Elle remplit, en murmurant,

Un

Un baffin revêtu de mouffe.
Les arbres courbés alentour
La dérobent à l'œil du jour ;
Un buiffon fleuri l'environne,
La tubéreufe & l'anémone
Entourent fes bords féduifans ;
Et l'oranger qui la couronne
Eft parfemé de vers luifans.
Que Plutus, d'une main fantafque,
Orne les bains de Danaé,
Thalie, Euphrofine, Aglaé
N'aiment que les beautés fans mafque,
Le luxe expire fous leurs pas.
Sœurs aimables de la nature,
Elles fe baignent dans fes bras ;
L'onde en careffant leurs appas,
Devient plus brillante & plus pure.
Plongé dans ce riant baffin,
L'Amour pourfuit les immortelles,
Et frappant l'onde de fes aîles,
Il la fait jaillir fur leur fein.
Une douce & molle rofée
Remplit le calice des fleurs ;
La nuit, du tréfor de fes pleurs,
Rafraîchit la Terre embrafée.

C

 L'ETÉ.

On voit fur la plaine des mers
Danfer les Nymphes vagabondes,
Le parfum de leurs treffes blondes
Se mêle à la fraîcheur des airs;
Mais bientôt le feu des éclairs
Refplendit au loin fur les ondes:
L'Olympe, fans être irrité,
Offre l'appareil d'un orage;
Et par cette effrayante image,
Il augmente fa majefté.
Brûlante des feux de l'Été,
Brûlante des feux du bel âge,
La jeuneffe, loin du rivage,
S'élance & pourfuit la beauté.
Enflammez, charmantes Baigneufes,
La Cour du frere de Pluton;
Tombez, Naïades dédaigneufes,
Dans les bras nerveux du Triton.
O nuit, que vous voyez de charmes!
Fleuves, que vous êtes heureux!
L'Amour, dans vos flots amoureux,
Trempe la pointe de fes armes.
En vain, dans les bois d'alentour,
Les amans cherchent les fontaines;
Le feu qui confume leurs veines

S'accroît dans l'humide féjour :
Le bain ne guérit point leurs peines,
L'Amour feul peut calmer l'amour.

Jadis, près des bords du Bofphore,
Dans les jardins du vieux Sélim,
Un ruiffeau murmuroit encore
Les amours du jeune Zulim.
Les bains du tyran de l'Afie
Touchoient au bord de ce ruiffeau ;
En Été, la belle Afpafie
Venoit refpirer dans fon eau :
Souvent Zulim, au bord de l'onde,
Suivoit le Sultan révéré.
Que l'orgueil des rangs fe confonde !
L'Efclave heureux fut préféré
Au Maître impérieux du monde.
Un pigeon s'abbatit un jour
Dans les bras du Page infidéle,
Zulim, plein d'une ardeur nouvelle,
Reconnut l'oifeau de l'Amour,
Au billet caché fous fon aile ;
Il l'ouvre, il lit avec tranfport :

» JEUNE Ichoglant, bénis ton fort :
„ Le ruiffeau, dont l'onde incertaine
C ij

» Dans ces bois aime à s'enfermer,
» Par une route fouterraine,
» Au fein des mers court s'abîmer.
» Afpafie eft prête à te fuivre,
» Sois fon pilote & fon vainqueur ;
» Si tu crains de ceffer de vivre,
» Tu n'es pas digne de fon cœur.

Zulim conçoit tout le myftere ;
Un feul mot inftruit un amant.
Le doux meffager de Cythere
Devant lui vole lentement :
Rempli des plus douces allarmes,
L'Efclave au milieu des rofeaux,
Découvre, adore mille charmes
Que trahit le voile des eaux.
On l'appelle, fon cœur palpite,
Il s'élance, il fe précipite ;
Mais en plongeant dans le canal,
Quel afpeft le trouble & l'irrite !
Il voit fon maître & fon rival ;
Comment fauver la Favorite
Du fer ou du cordon fatal ?
Un baifer de feu le raffure.
Sultan, à tes yeux éperdus,
Le couple amoureux & parjure

A comblé l'audace & l'injure :
Tous deux, unis & confondus,
Fendent de leurs bras étendus,
Le fein de l'onde qui murmure.
Errans de détours en détours,
Ils roulent fous la voûte obfcure
Qui doit bientôt les rendre au jour :
L'effroi qu'infpire la nature
Eft furmonté par leur amour.
Portés fur les bouillons de l'onde,
Ils entrent dans la mer profonde ;
Leurs regards implorent les cieux ;
Mais un efquif s'offre à leurs yeux,
Au pied d'un rocher folitaire ;
Tous deux y volent, & les Dieux
Conduifent la barque à Cythere.

LES
QUATRE SAISONS,
P O Ë M E.

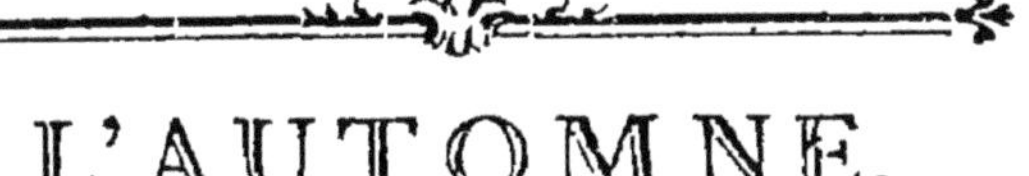

L'AUTOMNE.

CHANT TROISIÉME.

QUELS parfums rempliffent les airs !
Où porter mes regards avides !
Des tapis plus frais & plus verds
Renaiffent dans nos champs arides :
La nature efface fes rides,
Tous fes tréfors nous font ouverts,
C iv

Et le jardin des Hespérides
Est l'image de l'Univers.
C'en est fait, la Vierge céleste,
En découvrant son front vermeil,
Adoucit d'un regard modeste
L'ardeur brûlante du Soleil.
Redoutable fils de Latone,
Tu cesses de blesser nos yeux ;
Vertumne ramene Pomone,
Et mille fruits délicieux
Brillent sur le sein de l'Automne.

O Sœur aimable du Printems !
Tu viens acquitter ses promesses ;
Si tes biens sont moins éclatans,
Tu n'as point de fausses richesses :
Loin de toi le fard de Vénus
Et le clinquant de l'imposture ;
Ta main dépouille la nature
De ses ornemens superflus :
L'air négligé, dans la parure,
Te donne une beauté de plus.
Les fruits, plus nombreux que les feuilles,
Couronnent les arbres chéris,
Et tous les biens que tu recueilles,

Ont moins d'éclat & plus de prix.
Le régne fortuné d'Aftrée
Se renouvelle dans ta cour ;
Tu pefes la nuit & le jour
Dans une balance dorée.
Entouré de rayons heureux,
Qui font la richeffe du monde ;
Le Ciel de la Terre amoureux,
Le peint dans le miroir de l'onde.

La Paix, Reine de l'Univers,
Etouffe la voix des trompettes,
Un jour plus doux luit fur nos têtes.
Nos travaux, mêlés de concerts,
Reffemblent aux plus belles fêtes ;
La nature reprend fes droits,
Les Dieux defcendent des montagnes,
La gloire habite les campagnes,
Les Mufes rêvent dans les bois ;
Et laffe d'accorder les Rois,
Thémis affife au pied d'un chêne
Juge les chanfons de Philene,
Et donne aux bergeres des loix.
Les fiers amans de la Fortune
Ont quitté la chaîne importune

De la faveur & du devoir ;
L'art , l'induſtrie & le ſçavoir
Sortent des Villes dépeuplées ,
Et l'abondance vient revoir
Ses richeſſes accumulées.
Ton régne paiſible & charmant
Fait oublier celui de Flore ,
Automne , la terre t'adore ,
Et l'Univers eſt ton amant.
Belle encore au déclin de l'àge ,
Toi ſeule , ô divine Saiſon !
Utile , douce , aimable & ſage ,
As mérité le double hommage
Du plaiſir & de la raiſon.

O que les Muſes ſont dociles
Dans ces vergers délicieux !
Mes Vers inſpirés par les Dieux ,
Naiſſent plus doux & plus faciles ;
L'art de la rime n'eſt qu'un jeu ,
L'expreſſion ſuit la penſée ,
Et mon ame au ciel élancée
Vole ſur des ailes de feu.
Dans cette aimable ſolitude ,
L'eſprit captif ſort de priſon ,

Le plaisir abrége l'étude,
Tous deux étendent la raison.
Erreur que l'orgueil déifie,
Préjugé, tyran des mortels,
Cédez à la Philosophie
Qui vient de brifer vos autels.
Cieux inconnus au Télefcope,
Et vous, atomes échappés
A l'œil perçant du Microfcope,
Vos myfteres développés
Brillent aux yeux de Calliope.
La vérité, fille du tems,
Déchire le voile des fables;
Je vois des mondes innombrables,
Et j'apperçois leurs habitans.
Malgré ces volcans homicides,
Le feu lui-même eft habité;
L'air, dans fes ondes fi fluides,
Découvre à mon œil enchanté
Ses Tritons & fes Néréides.
La lumiere, dont les couleurs
Forment la parure du monde,
Renferme la race féconde
D'un peuple couronné de fleurs.
La nature anime les marbres;

L'air, le feu, la terre & les eaux,
Les fruits qui font plier nos arbres,
Sont autant de mondes nouveaux.
Tout agit, rien n'eſt inutile,
Et la reine des animaux
Unit par différens anneaux
L'homme ſuperbe & le reptile.
Fiers amans de la liberté,
Les Êtres l'un de l'autre eſclaves,
Ignorent leur captivité,
Et méconnoiſſent leurs entraves.
Tout céde à la commune loi;
Terre orgueilleuſe & téméraire,
Apprends que l'Aſtre qui t'éclaire
Se doit au monde comme à toi.
Obéis, remplis ta carriere,
Adore la ſource premiere
Des beaux jours qui te ſont donnés;
Reçois & répands la lumiere
Sur d'autres globes fortunés.
Ainſi mon eſprit ſe dégage
Des erreurs du peuple & des grands;
Malgré la vanité des rangs,
Tous les Êtres ſont pour le ſage
Moins inégaux que différens.

Ainsi ma Muse s'abandonne
A son caprice renaissant ;
Et tandis qu'un Dieu caressant
D'un double myrte la couronne,
Le Soleil moins éblouissant
Abrége les jours de l'Automne.

Pomone, avant que de périr,
Semble redoubler ses caresses ;
Les arbres chargés de richesses
Se courbent pour nous les offrir.
Lasse de ramper sur nos treilles,
La vigne éleve ses rameaux,
Et suspend ses grappes vermeilles
Au front superbe des ormeaux :
Ses fruits si funestes aux Perses,
Et si délicieux pour nous,
Confondent leurs couleurs diverses,
Forment les accords les plus doux.
Toutes les ronces sont couvertes
De coings derés & de pavis,
Mille grenades entr'ouvertes
Sément la terre de rubis ;
Orange douce & parfumée,
Limons & poncirs fastueux,
Et vous, cédras voluptueux,

Couronnez l'Automne charmée ;
Raisins brillans dont la fraîcheur
Etanche la soif qui nous presse ;
Pommes dont l'aimable rougeur
Ressemble au tein de la jeunesse,
Tombez & renaissez sans cesse
Sur le chemin du Voyageur.
L'Amour, que l'Automne rappelle,
Descend du ciel dans nos vergers,
Et vient offrir à la plus belle
Les pommes d'or des orangers.
Accourez, Naïades timides,
Le fruit, sur la terre tombé,
Brille, s'éleve en pyramides,
Et remplit le tréfor d'Hébé.
Nymphes, enlevez vos corbeilles,
Allez offrir au Dieu des eaux
La pourpre qui couvre nos treilles,
L'ambre qui pare nos côteaux.
Un second Printems vient d'éclorre,
Le Ciel répand des rayons d'or,
L'amaranthe & le tricolor
Rappellent le régne de Flore,
Et la campagne brille encore
Des douces couleurs de l'aurore.

Vesper commence à rayonner ,
Io mugit dans les villages ,
Et les pasteurs vont ramener
Leurs troupeaux loin des pâturages ;
Le Soleil tombe & s'affoiblit :
Montons sur ces rochers sauvages ,
Allons revoir ces paysages
Que l'ombre du soir embellit.
Ici des champs où la culture
Etale ses heureux travaux ,
Une source brillante & pure
Qui , par la fraîcheur de ses eaux ,
Rajeunit la sombre verdure
Des prés , des bois & des côteaux :
Là , des jardins & des berceaux
Où régnent l'art & l'imposture ,
Des tours , des fléches , des créneaux ;
Des donjons d'antique structure ,
Sur le chemin de ces hameaux ,
De longues chaînes de troupeaux ,
Un pont détruit , une masure ;
Plus loin , des villes , des châteaux ;
Couverts d'une vapeur obscure ;
Le jour qui fuit , l'air qui s'épure ,
Le Ciel allumant ses flambeaux ;

Tout l'horizon que l'œil mesure,
Offrent aux yeux de la peinture
Des contrastes toujours nouveaux,
Et font aimer dans leurs tableaux
Le coloris & la nature.

Mais la nuit, au trône des cieux,
Dissipant au loin les nuages,
Vient encore attacher nos yeux
Sur de plus frappantes images ;
La Sœur aimable du Soleil
Se leve sur l'onde appaisée,
Et répand de son char vermeil
Le jour tendre de l'Elisée :
Elle embellit les régions
Qu'abandonne l'Astre du monde ;
Elle éclaire les Alcyons
Qui planent sur la mer profonde ;
La vague tremblante de l'onde
Brise & dissipe les rayons
De sa lumiere vagabonde :
Favorable à la volupté,
Elle donne au plaisir des armes ;
L'éclat de son globe argenté
Semble voiler la nudité,
Lorsqu'il en montre tous les charmes ;

Son

Son régne eft celui de l'Amour.
Sur les mèrs d'écume blanchies,
Neptune marche avec fa Cour ,
Et de nos flottes enrichies
Eole preffe le retour.
Conduits par la main des Sirenes ,
On voit de loin nos pavillons
Tracer d'innombrables fillons
Sur le fein des humides plaines.
Tandis que l'Océan charmé ,
Contemple fon vafte rivage ,
Le Nord tout-à-coup enflammé
Devient le fpeétacle du Sage
Et l'effroi du Peuple allarmé.
Une lumiere étincelante
Embrafe le voile des airs ;
Avant-couriere des Hivers ,
Quelle autre Aurore plus brillante
S'éleve au milieu des éclairs !
Les Dieux ont-ils , dans leurs balances ,
Pefé le fort des Nations ?
Emu par nos divifions ,
Le Ciel fait-il briller fes lances ?
Ses feux & fes rayons épars ,
Ses colonnes fes pyramides ,

D

N'offrent à des regards timides
Que les jeux sanglans du Dieu Mars.
Voilà les nombreuses armées,
Voilà les combats éclatans,
Qui de nos guerres rallumées
Furent les préfages conftans.
La frayeur naiffoit du preftige ;
Mais nos yeux bien plus fatisfaits,
Verront renaître le prodige
Sans en redouter les effets.
Brillez, Aurore Boréale,
De la Nuit éclairez la Cour ;
En vous voyant, le beau Céphale
Croit voir l'objet de fon amour ;
Et l'hirondelle matinale
S'étonne d'annoncer le jour.
Palès rappelle dans la plaine
Et les bergers & les troupeaux,
Vulcain rallume fes fourneaux,
Et la troupe du vieux Silene
S'éveille au pied de nos côteaux.
Au bruit des meutes de Diane,
Les Bacchantes ouvrent les yeux ;
Trompé par la clarté des Cieux,
Bacchus fort des bras d'Ariane :

Ce Dieu, de pampres couronné,
Ouvre la scene des vendanges,
Il brille, il marche environné
D'Amours, qui chantent ses louanges :
On voit danser devant son char
Les Satyres & les Driades,
Un Faune enivré de nectar,
Remplit la coupe des Ménades ;
Les Jeux, qui le suivent toujours,
Répandent des fleurs sur ses traces,
Ses Tigres, conduits par les Graces,
Sont caressés par les Amours.
Momus, Terpsichore, Thalie,
Egypans, Centaure, Silvains,
Viennent annoncer aux humains
L'heureux retour de la folie.
Le Soleil voit, en se levant,
La marche du Vainqueur du Gange ;
Et porté sur l'aile du vent,
L'Amour annonce la vendange.
Pan, dans le creux de ce rocher,
Foule les présens de l'Automne :
A ses yeux, la jeune Erigone
Folâtre & n'ose s'approcher.
Le nectar tombe par cascade,

D ij

L'onde & le vin font confondus,
Et l'urne de chaque Naïade
Devient la tonne de Bacchus.
Les flots de la liqueur facrée
Couvrent la campagne altérée ;
Tout boit, tout s'enyvre, tout rit,
Et de la joie immodérée
Jamais la fource ne tarit.
Le myrte, aux amours favorable,
A dérobé moins de plaifirs,
Que cet arbufte vénérable
N'a vu couronner de defirs.
Sous les pampres de cette vigne,
Un amant n'eft jamais trahi ;
Plus il jouit, plus il eft digne
Du bonheur dont il a joui.
Bacchus rajeunit tous les âges,
Ses charmes ramenent toujours
La folie au temple des Sages,
La raifon au fein des Amours.

Acis, auffi jeune que Flore,
Touchoit à cet âge charmant
Où l'ame éprouve le tourment
De defirer ce qu'elle ignore :
Plus belle & moins jeune que lui,

Thémire, semblable à Pomone,
Commençoit à craindre l'ennui
Des derniers jours de son automne ;
L'Amour seul a droit de chatmer
L'ame qu'il a déja charmée ;
Acis avoit besoin d'aimer,
Thémire d'être encore aimée.
La beauté voit périr ses traits,
Les roses du tein se flétrissent,
Mais le cœur ne vieillit jamais,
Et les desirs le rajeunissent.
Thémire brûla pour Acis ;
Aimer de nouveau c'est renaître :
Ce fut sous ce berceau champêtre
Que son cœur, long-temps indécis,
Choisit enfin ce jeune maître.
Etouffez les rayons du jour,
Pampres, dont le feuillage sombre
S'éleve & retombe alentour :
La raison demande votre ombre
Pour s'abandonner à l'amour.
Lierre amoureux, toi qui conspires
A rendre ce berceau charmant,
Viens cacher l'Amante aux Satyres,
Aux Nymphes dérobe l'Amant.

Malheureufe d'être inhumaine,
Honteufe de ne l'être pas,
Thémire repouffe avec peine
Acis qu'elle appelle en fes bras.
La beauté la plus intrépide
Craint de féduire la candeur,
L'embarras d'un amant timide
Arme la plus foible pudeur.
Thémire enivrée, éperdue,
Tour-à-tour fe laiffe emporter
Au plaifir de s'être rendue,
A la gloire de réfifter.
Eclairés d'un jour favorable,
Les yeux de fon amant aimable,
Sur les foibles traces du tems,
N'ont vu que les fleurs du Printems.
Heureux âge de l'indulgence !
Où les dégoûts font inconnus,
Où tous les feux, d'intelligence,
Confpirent pour la jouiffance,
Où toute mortelle eft Vénus.

Thémire n'a point de rivale,
Le feu, dont Acis eft brûlé,
De leurs ans remplit l'intervale,
Et l'Amour, aux Cieux envolé,

Triomphe d'avoir affemblé
Les nœuds d'une chaîne inégale.

La fin du régne de Bacchus
Annonce cès combats aimables,
Où les Satyres font vaincus
Par les Nymphes infatigables.
Jours fortunés! mais peu durables :
Bientôt le brutal Affricus,
Ouvrant fes ailes redoutables,
S'éveille aux cris épouvantables
De la Maîtreffe de Glaucus.
Les hirondelles affemblées,
S'élançant du faîte des tours,
Au fond des grottes reculées
Vont s'endormir jufqu'aux beaux jours.
Entaffés comme des nuages,
Mille oifeaux traverfent la mer,
Le retour de l'affreux Hiver
S'annonce par leurs cris fauvages ;
Le fer tranchant va déchirer
Le fein des plaines découvertes,
Et Vertumne, en pleurant nos pertes,
Nous apprend à les réparer.
Éole menace le monde,
Borée en fa prifon rugit,

La mer qui s'enfle, écume, gronde,
Et son rivage au loin mugit.
Les Oréades taciturnes
Cherchent les antres des deserts,
Et les Hyades, dans les airs,
Ont renversé leurs froides urnes.
Vents, triomphez en liberté,
Allez dépouiller la nature
Des vains titres de sa fierté :
Que sert un reste de parure,
Quand on a perdu la beauté ?
Dispersez ces feuilles séchées,
Dévorez ces plantes couchées,
Qui n'osent regarder les Cieux.
Et toi, les délices du monde,
Toi, qui plaisois à tous les yeux,
Saison si belle & si féconde,
Automne, reçois mes adieux.

LES

QUATRE SAISONS,

POËME.

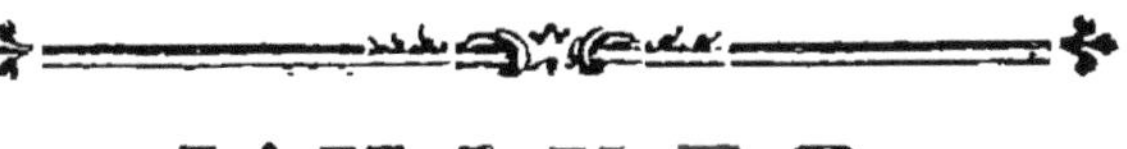

L'HIVER.

CHANT QUATRIÉME.

LES vents ravagent nos prairies,
Tout meurt dans nos champs défolés;
Et de nos humbles Bergeries
Les fondemens font ébranlés.

Déja les Graces immortelles
Rentrent dans nos froides maiſons ;
L'Amour vient réchauffer ſes ailes
Au feu mourant de nos tiſons :
Content de régir nos Villages,
Et d'enchaîner nos libertés,
Il laiſſe à ſes Freres volages
L'empire bruyant des Cités.
Foibles eſclaves de Cythere,
Fuyez nos plaiſirs innocens ;
Dérobez-vous aux traits perçans
Que lance le noir Sagittaire.
Le régne de l'art impoſteur
Commence où la nature expire ;
Volez dans ce monde enchanteur,
Où le luxe tient ſon empire.
La nouvelle Perſépolis
Vous ouvre ſes portes dorées ;
Chaſſez de vos cœurs amollis
Les vertus aux champs adorées ;
Et changez en vices polis
Nos mœurs à la Cour ignorées.

Pour nous, que la paix & les ris
Enchaînent ſous ces toîts ruſtiques,
Autour de nos foyers gothiques,

Nous allons oublier Paris,
Et vos plaifirs Afiatiques :
Croyez qu'au fond de nos châteaux,
La joie invente auffi des fêtes ;
Malgré les torrens du Verfeau ,
Le fouffle glacé des tempêtes
Epargne les myrtes nouveaux
Dont les plaifirs parent nos têtes.
Ce n'eft pas à la Cour des Rois
Qu'habite la paifible Aftrée ;
Il faut que l'ame , quelquefois
Au fein du tumulte enivrée ,
Revienne , dans le fond des bois ,
Trouver fa raifon égarée.
Malheureux qui craint de rentrer
Dans la retraite de fon ame ;
Le cœur qui cherche à s'ignorer ,
Redoute un cenfeur qui le blâme.
Peut-on fe fuir & s'eftimer ?
On n'évite point ce qu'on aime :
Qui n'ofe vivre avec foi-même ,
A perdu le droit de s'aimer.
Pourquoi déferter nos campagnes ,
Quand les fauvages aquilons
Chaffent , du fommet des montagnes ,

La pauvreté dans nos vallons.
L'afpeſt des miſeres humaines
Eſt plus touchant qu'il n'eſt affreux :
Craint-on de voir les malheureux,
Quand on veut foulager leurs peines ?
Le front du riche s'obſcurcit,
Et l'afpeſt du malheur le bleſſe :
Dans le féjour de la molleſſe
Le cœur fe ferme & s'endurcit.
Trop fiere de fes avantages,
La Ville détourne les yeux
Du fombre tableau des Villages,
Dont les toîts, couverts de feuillages,
S'ouvrent aux injures des Cieux.
Tranquille fous un dais fuperbe,
A la clarté de cent flambeaux,
On ne voit point, dans nos hameaux,
La pauvreté difputer l'herbe
Aux plus féroces animaux.
Auprès d'un foyer magnifique,
On bénit le farouche Hiver,
Qui, dans un falon pacifique,
Refpeſte la douceur de l'air.
On croit que la miſanthropie
Aigrit les maux qu'on ne fent pas ;

Ainſi le luxe , dans ſes bras ,
Engourdit notre ame aſſoupie.
Honteux d'aimer , fiers d'être ingrats ,
Dans des intrigues puériles
Nous épuiſons nos cœurs ſtériles ;
Moins ſenſibles que délicats ,
Le dégoût nous rend difficiles ,
Impatiens & bientôt las :
Nous traînons nos jours inutiles ,
Nous rêvons , nous ne vivons pas.
Loin de moi le triſte ſyſtême
De cenſurer d'heureux loiſirs ;
C'eſt en faveur du plaiſir même
Que je condamne no$_s$ plaiſirs.
Il n'eſt point d'Hiver pour le Sage ,
La terre , qu'Éole ravage ,
Plaît encor dans ſa nudité ;
Les monts , entourés d'un nuage ,
Impoſent par leur majeſté ;
L'aſpect de Neptune irrité ,
Frappant en fureur ſon rivage ,
Répand ſur tout ſon payſage
L'ame , la vie & la fierté ;
Et la campagne , plus ſauvage ,
Ne perd pas toute ſa beauté.

Malgré l'effroyable peinture
Du désordre des Élémens,
L'Hiver lui-même a des momens ;
Les ruines de la Nature
Plaisent encore à ses amans.
Nos hameaux auroient plus de charmes,
S'ils étoient moins inhabités,
Et s'ils n'arrosoient de leurs larmes
Les biens qu'absorbent les Cités.
La Terre, en esclave servile,
S'épuisera-t'elle à jamais
En faveur d'une ingrate Ville
Qui change en tributs nos bienfaits ?
Enrichis des biens qu'ils moissonnent,
Si nos Laboureurs, qui frissonnent
Sous leurs toits de chaume couverts,
Jouissoient, du moins les Hivers,
De l'abondance qu'ils nous donnent ;
Si le fleuve de nos trésors,
Long-temps égaré dans sa course,
Remontoit enfin dans sa source
Pour enrichir ses premiers bords :
Alors la misere effrayante,
Dont la main foible & suppliante
Implore un secours refusé,

Béniroit l'image riante
De notre luxe humanifé.
Le cours de nos deftins profperes,
En répandant notre bonheur
Sur l'héritage de nos Peres,
Sauveroit la vie & l'honneur
Aux Efclaves involontaires,
Que le fer fanglant du Vainqueur,
Ou que la baffeffe du cœur
Rendit jadis nos tributaires.
Tout malheureux eft avili;
Chaffez l'indigence importune,
Et le Village eft ennobli;
La gloire y fuivra la fortune,
J'y vois fon culte rétabli.

Ranimons les Arts de Cybelle,
Forçons la pareffe rébelle
A furmonter la pauvreté;
En rendant la terre plus belle,
Augmentons fa fécondité.
Déja, fur la neige endurcie,
L'Hiver commence fes travaux;
Déja la tête des ormeaux
Tombe fous les dents de la fcie.

Le bruit redoublé des marteaux
Retentit au pied des montagnes,
Et le plus groſſier des métaux
Devient le tréſor des Campagnes.
Le fer recourbé de Cérès
S'aiguiſe ſur la meule agile ;
La chaſſe diſpoſe ſes rêts,
La fournaiſe épure l'argile,
Vulcain change en verre fragile
La fougere de nos forêts ;
Les jeux & les travaux s'allient ;
Pour former nos ſimples tapis,
La paille & le jonc ſe marient ;
Nos vœux, nos beſoins, qui varient,
Réveillent les Arts aſſoupis.
L'ennui, ce tyran domeſtique,
Dans nos hameaux eſt ignoré :
Ici le Paſteur déſœuvré
Façonne ſon ſceptre ruſtique ;
Ici le chanvre préparé
Tourne autour du fuſeau gothique,
Et ſur un banc mal aſſuré,
La Bergere la plus antique
Chante la mort du Balafré,
D'une voix plaintive & tragique.

O ! que

O! que ces objets innocens
Ont de droits sur l'ame d'un Sage !
La campagne la plus sauvage
Porte le calme dans nos sens.

Les loix de la Philosophie
Naissent du principe du goût ;
Ce qu'on aime on le déifie,
Et l'on peut être heureux par-tout.
Le charme seul de l'habitude
Me fait vanter la solitude ;
Jadis l'Hiver, loin de Paris,
Effrayoit ma folle jeunesse,
Je croyois, dans nos champs flétris,
Voir les rides de la vieillesse ;
Ces bois blanchis par les frimats,
Où j'entretiens ma rêverie,
Ce fleuve, dont l'onde chérie
Ranime nos sombres climats,
Qui, pour embrasser la prairie,
Ouvre, étend & courbe ses bras :
Ces lieux, pour moi remplis d'appas,
Étoient jadis la Sibérie ;
Jusques dans l'ombre des deserts,

E

Le bruit féduifant des théâtres
Venoit étouffer les concerts
De nos Villageoifes folâtres.
Le luxe, environné des Arts,
Roi d'une Ville finguliere,
Changeoit le Village en chaumiere,
Et préfentoit à mes regards
Nos bons & naïfs Campagnards
Marqués du crayon de Moliere.
Je regrettois la liberté
D'un fpectacle aimable & fantafque,
Où l'on prodigue fous le mafque
Le menfonge & la vérité ;
L'afyle élégant & champêtre,
Où deux amans font renformés,
Moins par le plaifir d'être aimés
Que par l'orgueil de le paroître ;
Ces longs foupers où l'on redit
Toute l'hiftoire de la veille,
Où l'enjouement fe réfroidit,
Si la Satyre ne l'éveille ;
Où le Vaudeville fatal
Eft modulé par les Orphées,
Où le vin, verfé par les Fées,

Coule dans l'or & le criſtal :
Enfin le tumulte & l'orgie ,
Vénus & ſes Temples ouverts ,
L'image des Arts réfléchie
Sur les glaces de nos deſſerts :
Tout , au ſéjour de ſa licence ,
Appelloit mon cœur égaré ;
La Ville avoit défiguré
L'heureux ſéjour de l'innocence.

Aujourd'hui que l'âge a mûri
Les conſeils de l'expérience ,
Que mon cœur enfin s'eſt guéri
Des fougues de l'impatience ,
L'Hiver n'eſt plus ſi rigoureux ;
Le deſert remplace la Ville :
Où je crois vivre plus tranquille ,
Là je m'eſtime plus heureux.
Nos donjons , nos tours délabrées ,
Monumens antiques des Goths ,
Sont moins affreux que les Magots
Dont nos maiſons ſont décorées ;
Sans aimer la groſſiereté
De nos Ayeux encor barbares ,
Leur aimable naïveté

M'attache à leurs travaux bizarres ;
Le Chevalier, le Paladin
Viennent remplir mes rêveries ,
Et je lis dans leurs armoiries
Les guerres du grand Saladin :
Leurs tournois, leurs galanteries
Empreints fur un marbre groffier ,
Revivent dans ces galeries
Où l'Amour, tout couvert d'acier ,
Au lieu de guirlandes fleuries ,
Orne fa tête de laurier.
Un amas de lances rompues
Eft le tréfor de ce château ;
Les haches-d'armes, les maffues,
Les arcs s'élèvent en monceau ;
Dans cette tour mal réparée ,
Quel objet frappe mes regards ?
De fer la muraille entourée ,
Des Pigeons perchés fur des dards ;
La Colombe de Cythérée
Y boit dans le cafque de Mars.

Par-tout le flambeau de l'Hiftoire
Eclaire à mes yeux le paffé.
J'apprends au livre de mémoire ,

Livre utile & prefque effacé,
Que l'homme a toujours mal placé
Le temple où préfide la gloire.
Le tableau de l'antiquité
Séduit par fa douce impofture;
Mais aux yeux de la vérité,
Le vieux temps n'eft beau qu'en peinture :
Le chalumeau des Troubadours,
Le luth du bon Roi de Navarre,
N'égaloit pas l'humble guittarre
Des moindres Chantres de nos jours.
Ami de nos Ayeux célébres,
Je ne veux point reffufciter
Leurs fiécles couverts de ténébres,
Qu'un jour plus pur vient d'écarter.
Quelle ame inhumaine & groffiere,
De notre ignorance premiere
Regrette les temps révolus?
L'erreur eft un malheur de plus :
Moins notre efprit a de lumiere,
Moins il éclaire nos vertus.
Dois-je imputer à la culture
Ces ronces, ces chardons épars,
Qui dévorent la nourriture

Des bleds naiſſans de toutes parts?
Loin de moi ſemblable impoſture,
Les Arts fécondent la Nature,
Nos vices corrompent les Arts.

Telles ſont les ſages penſées
Dont j'aime à nourrir ma raiſon,
Tandis que les neiges preſſées
Couvrent le toît de ma maiſon.
Seul, & ſouvent heureux de l'être,
Je me fais un utile jeu
De voir conſumer par le feu
Le tronc vénérable d'un hêtre.
Cet arbre ſembloit au Printemps
Régner ſur tout le payſage,
La mouſſe & la rouille du temps
Déceloient ſeules ſon grand âge:
Ses rameaux penchés à l'entour
Formoient un temple pour les graces,
A ſon pied l'on voyoit les traces
Qu'imprimoient les pas de l'Amour.
Cent ans il repouſſa la guerre
Des aquilons impétueux,
Inébranlable & faſtueux,

Il fouloit le fein de la terre :
Son front brûlé par le tonnerre
En étoit plus majeftueux.
Quels Dieux ont caufé fa ruine ?
Un Bucheron foible & courbé
A frappé l'arbre en fa racine ,
Le Roi des forêts eft tombé.

Aidé, d'une fombre lanterne ,
Le foir je dirige mes pas
Vers l'antique & vafte caverne
Où le Neftor de ces climats
Raffemble, police & gouverne
Tous les Bergers de ces Etats ;
Dans cette grotte mal taillée ,
La Sœur aimable de l'Amour
Appelle fur la fin du jour
Nos Bergeres à la veillée.
L'Amant d'Io , débarraffé
Du foin de fillonner la plaine ,
Y réchauffe de fon haleine
Philemon que l'âge a glacé ,
Lifette & le jeune Philene.
Des arbres , en cercle arrondis ,
Forment le ruftique théâtre

Où la Villageoife & le Pâtre
S'aiment comme on aimoit jadis.
Une lampe à triple lumiere,
Que l'air agite & fait pencher,
Découvre à l'affemblée entiere
La profondeur de ce rocher.
C'eft-là que les longues foirées
S'écoulent comme des momens ;
Nos fètes dans ces lieux charmans
Naiffent fans être préparées ;
La Romance, le Fablio
Nous content leurs douces fornettes :
Ici les faftes de Clio
Sont des recueils de chanfonnettes ;
Ici l'on tient la Cour d'Amour,
Si redoutable aux infidelles,
Où l'on couronne tour-à-tour
Les plus galans & les plus belles,
Où les ingrats & les cruelles
Sont condamnés le même jour.
Ici l'accufé doit répondre,
Le Juge ordonne, on obéit ;
Chaque amante a droit de confondre
Le perfide qui la trahit.

Un soir dans ce Sénat champêtre,
Eglé, Bergere de vingt ans,
Nous dit qu'elle sçauroit peut-être
Une histoire de son printems.
Alors toute la troupe émue
Se rapproche pour écouter,
Le seul Myfis baiffoit la vue,
Eglé commença de conter.
Une Bergere affez jolie
Donna son chien à son vainqueur ;
Quand elle eut fait cette folie,
Il fallut bien donner son cœur.
En aimant on se croit aimée,
Comment ne l'eût-elle pas cru ?
Le pouvoir qui l'avoit charmée
A chaque instant s'étoit accru ;
Plus sa foibleffe étoit extrême,
Plus l'Amant devint imposteur ;
Hélas ! comment croire menteur
Un Berger qui dit je vous aime ?
Un cœur sincere ne craint rien,
Mais cette affurance est fatale :
La Bergere apperçut son chien
Sur les genoux de sa Rivale.

Le voile alors se déchira,
Tout fut changé dans la Nature :
L'Amour, le temps, rien ne pourra
Guérir sa profonde blessure ;
Je la connois, elle en mourra.
A ces mots Eglé fond en larmes,
Et Mysis tombe à ses genoux ;
Quoi ! dit-il, j'ai bravé vos charmes,
Mon cœur s'est éloigné de vous ?
Le supplice est égal au crime ;
J'étois aimé, je suis haï ;
Je vivrai, je mourrai victime
De mon amour que j'ai trahi. . . .
Mon cher Mysis, Eglé t'adore,
Jamais tu ne fus condamné ;
Si ma fierté t'accuse encore,
Mon cœur t'a déja pardonné :
Elle dit, sa voix affoiblie
Expire, & Mysis à ses pieds,
Les yeux dans les larmes noyés,
Déteste un crime qu'elle oublie.
Alors un murmure flatteur
Célébre ce retour si rare ;
Les maux dont l'Amour est l'auteur

Deviennent, quand il les répare,
La source de notre bonheur.
Ainsi la plus sombre journée
Peut s'écouler dans le plaisir ;
L'art d'adoucir sa destinée
Est l'art d'occuper son loisir.
Le Sauvage de la Norwege,
Cet Automate fainéant,
Voisin des montagnes de neige
Qui le séparent du néant,
Dans nos plus tristes solitudes,
Croiroit voir l'Isle des Amours ;
Les nuits que nous trouvons si rudes,
Seroient pour lui les plus beaux jours.
Jouissons de nos avantages,
Quittons en foule nos Villages,
Le vent se leve à l'Orient,
Et le Ciel vainqueur des orages,
Nous montre un visage riant.
L'Hiver, plus vif & moins à craindre,
A levé son voile odieux ;
La terre cesse d'être à plaindre,
Quand le Soleil brille à ses yeux :
Déja les neiges des montagnes

Resplendiffent de tous côtés,
La robe blanche des Campagnes
Etale fes plis argentés ;
La goutte d'eau, que l'air épure,
Se change en perle en fe formant,
L'Hiver dans toute fa parure
Nous montre fa riche ceinture ;
Et des chaînes de diamant
Semblent refferrer la Nature.
Fleuve, dont le cours inégal
Arrofe nos plaines fécondes,
Sous une voûte de criftal,
Borée, emprifonne tes ondes ;
Nos Villageoifes vagabondes,
Ofent parcourir ton canal.
Et toi, montagne infortunée,
Séjour éternel des Hivers,
Où la Nature abandonnée
Régne fur des tombeaux ouverts ;
Dans tes cavernes effroyables,
Dans tes abîmes fi profonds,
Que la faim rend impitoyables,
Courons tandis que le jour luit,
Attaquer les monftres fauvages,

Qui dans les ombres de la nuit
Exercent leurs cruels ravages.
Frappons ces lions dévorans,
Ces ours deſtructeurs de la terre ;
Que la chaſſe ainſi que la guerre,
Nous arment contre nos tyrans :
Défendons nos hameaux tranquilles,
Sauvons nos Bergers & nos biens,
Et que nos plaiſirs ſoient utiles
Au repos de nos Citoyens.
La ſanté, de fleurs couronnée,
Naîtra de ces légers travaux ;
Et nous verrons avec l'année
Eclorre des plaiſirs nouveaux.
Bientôt cette chaleur puiſſante
Qui reſſuſcite l'Univers,
Bientôt la féve renaiſſante
Fondra la glace des Hivers.
Ces eſprits qui peuplent l'Averne,
Ces vents enfantés par le Nord,
S'endormiront dans la caverne,
Où régne Borée & la Mort :
La beauté, la force, la vie
Rendront à la terre ravie

Et ſes tréſors & ſes couleurs ;
La peine du plaiſir ſuivie,
Se repoſera ſur les fleurs.

    » Délices de la double Cime ,
» Toi , dont les vers mélodieux
» Rendirent Euterpe ſublime ,
» Et les hameaux dignes des Dieux ,
» VIRGILE , reçois-mon hommage ;
» Ma Muſe au pied de ton autel ,
» Dépoſe , en tremblant , un ouvrage
» Que ton nom peut rendre immortel.

F I N.